屏山古韵

不负韶华行且知

贾飞——著

时代文艺出版社
SHIDAI WENYI CHUBANSHE

图书在版编目（CIP）数据

屏山古韵：不负韶华行且知 / 贾飞著 . —— 长春 ：
时代文艺出版社，2024.6
ISBN 978-7-5387-7489-4

Ⅰ．①屏… Ⅱ．①贾… Ⅲ．①诗集-中国-当代
Ⅳ．① I227

中国国家版本馆 CIP 数据核字 (2024) 第 053888 号

屏山古韵：不负韶华行且知
PINGSHAN GUYUN : BUFU SHAOHUA XING QIE ZHI

贾 飞 著

出 品 人 : 吴　刚
策划编辑 : 范勇毅
责任编辑 : 余嘉莹
特约编辑 : 李湘波　向株雪　胡　娇　邹嫩晴
装帧设计 : WONDERLAND Book design 仙境
排版制作 : 黄　婷

出版发行：时代文艺出版社
地　　址：长春市福祉大路 5788 号　龙腾国际大厦 A 座 15 层（130118）
电　　话：0431-81629751（总编办）　0431-81629755（发行部）
网　　址：weibo.com/tlapress（官方微博）　sdwycbsgf.tmall.com（天猫旗舰店）
开　　本：880mm×1230mm　1/32
字　　数：100 千字
印　　张：4
印　　刷：玖龙（天津）印刷有限公司
版　　次：2024 年 6 月第 1 版
印　　次：2024 年 6 月第 1 次印刷
定　　价：49.00 元

涉深水者擒蛟龙

韩志君

　　十二年前，贾飞携其处女作——长篇小说《中国式青春》风尘仆仆地从大巴山区跑到北京与我交流、找我作序，那时他才二十多岁，是个刚刚走出校门的毛头小伙子，但他作品中充满激情的文字和鲜活的人物形象，让我看出他未来可期。我在那篇题为《不是花中偏爱菊，此花开尽更无花》的序中写道："贾飞才二十多岁，就有多部作品面世，非常值得祝贺。然而，文学创作和艺术创作，不是田径中的短跑，也不是百米跨栏，而是一场马拉松竞赛，需要创作者以毕生的痴迷、热情和刻苦自励去完成。应当说，贾飞的起跑很不错，但关键在于坚持，在于耐力，在于目标始终如一。古往今来，在过客匆匆的文坛艺苑中，曾有多少有才华的年轻人小有成就便把尾巴翘到了天上，不单老虎的屁股摸不得，而且小猫的屁股也摸不得。他们就如同古希腊神话中的美少年纳西索斯，只迷恋自己水中的倒影——这是我最不希望在贾飞身上看到的。愿他能够保持住自己的清新与纯朴，保持住自己的冲力和韧劲儿，写出更多更好的作品，以无愧于大巴山那片神奇的土地和悠远的文化传承。"其中，既有肯定和期许，也有我作为一个文学苦旅中的行者和长者内心深处对他的某种担忧。因为他毕竟太年轻，又少年得志，小小年纪便出版了长篇小说，很容易自恋、自满、自负，从而自戕，在本来需要深耕细作的文学莽原上蜻蜓点水，浅尝辄止，创作上早夭，空负满腹才情。

十二年来，我一直密切注视着他。让我格外欣喜的是，他是一个自强、自立、自律的年轻人，文学创作上一直锲而不舍，颇有"咬定青山不放松"的竹石精神，创作成果也颇丰。据不完全统计，他在这并不算长的十二年间出版文学作品二十二部，发表各种文章三百余篇，篆刻辞赋十余篇，创作古诗词一百多首，还题刻对联三副。其中，除他的处女作长篇小说《中国式青春》之外，还出版了长篇小说《除了青春，一无所有》《蓉城之恋》《天上人间》，短篇小说集《远灯》，随笔集《历史大咖的另一张脸》《天才鉴定历史档案》《历史的一半是女人（繁体版）》《人类群星闪耀：先秦诸子篇》，哲学随笔集《贾飞说，致青年》，鉴赏集《晨读：每天一首诗》，散文集《野有蔓草》，诗集《锦里》《今夜，我骑着一匹瘦马》，长篇报告文学《从先锋到高峰》，都在出版界和读者中有良好的口碑。贾飞曾被评论界誉为"中国原生态青春文学开创者"之一，《西部》杂志称他是"巴蜀三剑客"之一，美国《侨报》则说他是"中国 80 后十大励志作家"之一。他的短篇小说《远灯》获第十届四川文学奖并入围第八届"鲁迅文学奖"，短篇小说《一个农民的爱情》入围第六届"鲁迅文学奖"。他的三卷本长篇小说《观沧海》正在紧张创作中，目前上卷已经写完。

在文学创作方面，贾飞堪称多面手，他的作品覆盖小说、散文、诗歌、随笔、理论评论、报告文学等多种体裁，而且还有不少诗词歌赋，现在即将出版的这本《屏山古韵：不负韶华行且知》便是他诗词类作品中的一部分。这些诗词歌赋用语相对比较灵动，表达思想和情感也比较自由。

"岷江桥下月无影，落叶他乡夜有情。借我一双丹妙手，可描西蜀锦官城。""人生苦旅何须归，归去冰心一树梅。梅花凋零风雪静，静笑尘世是与非。""江上青云月满天，山中叠翠在何年。欲邀神圣歌一曲，长水东流是暮寒。""晚风吹岸百虫泄，莫向潮头长叹嗟。常论英雄无憾事，青云一夜洗千街。"这些作品情感充沛，从中可以洞见作者相当深厚的文学储备和艺术功力。用他自己的话说："一首诗，便是一个时代的掠影。一首诗，也是一个人内心的光。"

《东坡志林》中有段记载，是苏东坡转述欧阳修的话。他说，要想写好文章"无它术，惟勤读书而多为之，自工。世人患作文字少，又懒读书，每一篇出，即求过人，如此少有至者。疵作不必待人指摘，多作自能见之"。清代姚鼐在《惜抱轩尺牍·与陈硕士书》中也说："大抵文字须熟乃妙，熟则利病自知。手之所至，随意生态；常语滞义，不遣而自去矣。"以我自己的切身体验，文学艺术创作真的是只有勤才能补拙，唯有熟才能生巧。不同自己的懒惰做斗争，便绝对不可能出好作品。贾飞在十二年当中写出了这么多质量可观的文字，足可见他的刻苦与勤奋。

他在《读欧公文记》写道："山水之外是山水，山水之内是人生。人生与山水，一山之隔，一水相连，但意境大不同矣。醉山水之雅静，感万世之太平。以万世之太平，书千古之文辞。

当是幸之，是为至乐也。"前几天，他又在微信中写道："闭门而造车，不如远行而问路。自满于雕虫小技，不如匍匐于田野大地，用双脚去丈量四方的道路，以灵魂去体验百态的人生。"

我是把贾飞的这些话当作他自己的人生箴言和艺术宣言来看待的。唯愿他能恪守这样的理念，永不食言，永不背弃。

自古"文无第一，武无第二"，文学艺术创作是永无止境的。我对一些以"金牌作家""金牌编剧""金牌导演"自诩的朋友，常在内心深处嗤之以鼻。"涉浅水者观虾蟹，涉中水者捉鱼鳖，涉深水者擒蛟龙。"衷心希望年轻的贾飞永远不骄不躁，贪婪读书，潜心创作，在文学艺术的浩瀚大海中勇敢地"涉深水"，努力地"擒蛟龙"！

之为序，并以此与贾飞共勉。

2024 年 1 月 5 日写于南海之滨

一首诗，是一个人内心的光

一说起诗，我们最先想到的是《唐诗三百首》，但好诗，实则不仅仅是唐诗。

夏商周，也就是先秦，这时的诗，大多是民歌或祭祀文章，《诗经》中选了不少。当时，朝廷有专职的采诗官，到民间去选诗。到两汉时，有了乐府，乐府民歌是两汉诗的主要形式。魏晋南北朝时期，五言诗比较繁荣。"三曹"、谢灵运、陶渊明、庾信等，出了很大一批诗人，他们璀璨而光辉。

于是，唐朝来了，诗歌的鼎盛期也到来了。李白、杜甫、白居易、王维、孟浩然等等，让诗歌登上了文学的高峰。

到了宋朝，这时的诗人，还写词。寇准、欧阳修、王安石、范仲淹、陆游、秦观、黄庭坚等，他们不仅是诗人，也是优秀的词人。

明清依旧，诗人写诗也作词，只不过这时的诗人，已经不像大唐那样飘逸和洒脱。他们的心中，有了一块沉重的石头。

再后来，诗歌有了白话体式。民国也出了一些深沉抑或婉约的诗人。在诗中，我们可以看到他们对历史的关注，对民族的关切，对个人的深情。

当下，旧体诗已经不再是文学的主流，许多写诗的人，也忘记如何写旧体诗了。但是，文学却依然不能离开旧体诗。因为，在优美卓绝的旧体诗中，我们不仅能看到历史和民族的缩影，也能感受到诗歌对人心的润泽。

一首诗，便是一个时代的掠影。

一首诗，也是一个人内心的光。

浅论诗的韵律

前不久，四川的一个朋友在闲暇时与我交流探讨唐诗的韵律。经过一番对话，我对唐诗倒还多了一些诗歌以外的情趣和雅兴。

在唐诗之前，诗有四言、五言、七言和杂言等，比如《诗经》《乐府诗集》等所收录的古诗。譬如《诗经·关雎》："关关雎鸠，在河之洲。窈窕淑女，君子好逑。参差荇菜，左右流之。窈窕淑女，寤寐求之……"这便是典型的四言诗。再比如《乐府诗集》中比较典型的《短歌行》，此是曹操的杰作，其中经典句子有："山不厌高，海不厌深。周公吐哺，天下归心。"类似于这样的作品还有许多，比如卓文君的五言《白头吟》："皎如山上雪，皎若云间月。闻君有两意，故来相决绝。今日斗酒会，明旦沟水头。躞蹀御沟上，沟水东西流……"

其实，诗歌伊始只是民歌，或者祭词，作诗的平仄格式和押韵并未形成一定之规。到了魏晋南北朝则出现了"四声八病"的创作规范，为唐代律诗的形式奠定了基础。到了唐代，律诗的创作逐渐定型，诗歌中的韵律有了严格的讲究。

唐代律诗的规则首要的便是韵律。韵律包括三方面的内容：一是平仄，二是对偶，三是押韵。首先说平仄，平仄就是指声调。声调可分为平、上、去、入四声，平就是平声，上、去、入为仄声。绝句和律诗每句诗的尾字，需要讲究平仄。句句之间，也有平仄规定，譬如平起仄收，仄起仄收等等，具体可参考相关的绝句和律诗的规则。再说对偶，就是诗的上下两句要对仗，这也是一种修辞手法。而所谓押韵，就是韵脚有规律的出现，用韵需要参考古书。

绝句是四句，分五言和七言。律诗一般是八句，也分五言和七言。唐诗中还有排律，此处就不细论了。根据绝句和律诗的规则，作诗时参照执行即可。网络上有检测唐诗的工具，输入诗歌内容，其中错误一查便知。

旧体诗的韵律只是技术层面的规则，技术之外是诗歌最重要的核心，即思想。思想的深浅，最终决定了诗歌的优劣。正如美味佳肴，平仄是食材中的佐料，词句是储备的食材，最终佳肴到底能上到什么档次，达到什么段位，要看思想的火候。真正的佳肴，它是有灵魂的，有生命的。

诗人作诗的思想源头就是儒道释。儒，进取，也就是有为。年轻时要奋斗，要努力，要有所追求。道，无为，讲求和光同尘。不强求，道法自然，顺势而为。释，则是空。四大皆空，空空如也。因此，人生不过三个字：有，无，空。青少年时需要有，证明存在的意义；中老年时恰似无，要懂得放下；终老时，还应空。空则，浮云也。生死之后，一切都是虚空。

诚然，人生如诗。诗中有物，物中有情，情中有人，便是大千世界。

目录

绝
句

少年书六首

十八岁之前，读高中。写诗若干，选六首。有雕琢之状。

其一·夏雨

雷隆声震地，野寂滚穿云。

大块从天降，怀疑龙点军。

其二 · 秋夜

日照三秋夜，云开万象新。

相酌一盏酒，可以慰风尘。

其三 · 诗

诗中人若画，尔若画中诗。

画上出尤物，芬芳令我痴。

其四·赤鸟

苍山观洱海，浪没烈英台。

只见苍鹰去，非闻赤鸟来。

其五·侯院

王侯故院深三许，滚滚红尘落水居。

海客方能随意进，苍松翠柏系骡驹。

其六·赋诗

农家小院牛羊宰，秀色桃花次第开。

爱到七分她自醉，词为酒酿赋诗哉。

有所感十首

其一·青春

青春须早起，莫负是朝年。

待尔翼毛满，高飞过月轩。

其二·虎啸

山中传虎啸，报喜虎年来。

乘虎青云起，金门万户开。

其三 · 故乡

一别二三月，相思四五年。

书文存七本，八九十为先。

其四 · 隋月

秋风灯火寒，莫怪酒中酣。

举首望隋月，长歌忆故船。

其五·观舞

岷江桥下月无影，落叶他乡夜有情。

借我一双丹妙手，可描西蜀锦官城。

其六·赠某将军致仕

青春仗剑英姿飒，戎马南垂漫卷沙。

蜀郡绝非留恋地，桃源静谧已飞花。

其七·问归

人生苦旅何须归，归去冰心一树梅。

梅花凋零风雪静，静笑尘世是与非。

其八·旅途

晚风吹岸百虫泄，莫向潮头长叹嗟。

常论英雄无憾事，青云一夜洗千街。

其九·漓江

江上青云月满天，山中叠翠在何年。

欲邀神圣歌一曲，长水东流是暮寒。

其十·桂林

桂林山中漓江水，人去江来不可追。

筏上新炉温旧梦，桂林山中朔江[①]谁。

[①]朔江：指广西壮族自治区桂林市阳朔县的江。

11

古体诗

节日七首

其一·新年辞

昔闻东坡语，岭南多荔枝。

虽隔天地远，心宽亦成诗。

今飞三亚岛，层层白浪低。

云海共一色，蓬莱有天梯。

难得出樊笼，且忘三年羁。

病愈新初好，疲乏偶喘息。

邀约异乡客，举杯长相忆。

品茶不斟酒，茶中有情谊。

悠悠沧溟水，洗掉愁与思。

心安即故乡，新年迎秀辞。

其二·五一

南山不种豆，桃源未养鱼。

带月草木生，来回风尘里。

城中人渐少，缘是村野去。

五分堵路上，一半常唏嘘。

芸芸何功德，晴空遥天碧。

幸得腹中满，学文有余力。

但愿少闲田，怜得盘中粒。

四海皆太平，日照金缕衣。

其三·归甜城

端午非佳节，溯源吊湘客。

楚江空渺渺，微雨湿天街。

事古贤留名，情散随秋叶。

白发感慨生，愁绪千千结。

闲来归甜城，江水绕石碣。

田家渐荒芜，梧桐倒墙斜。

相约少年友，无语竟凝噎。

悠悠赤子心，十五一台阶。

其四·端午辞

故乡划龙舟，万人齐空巷。

四方来做客，鼓瑟又传觞。

遗风成竞渡，世俗年积长。

粽香飘万里，凭吊赋渠江。

潼南衔锦标，忘忧列金榜。

川渝是一家，同浴日月光。

感叹千古事，离骚总堪伤。

至今思楚子，唯有句断肠。

其五·中秋

故乡桂花开，迟采寄三峡。

十五明月夜，游子不在家。

锦江吹芙蓉，金风动云霞。

北湖飞南雁，红尘思无涯。

劝君一杯酒，巨树发新芽。

不费佳节日，回川度闲暇。

其六·教师节

曾经桃李下，愿做桃李花。

春风吹又去，怀志去天涯。

如今桃李下，桃李①已白发。

当年凌云志，已过凌云霞。

又到佳节日，把酒话桑麻。

桃李多芬芳，何用堂前花。

---

① 桃李：此处指学生。为双关修辞。前面几处"桃李"，既可指桃李树，又可代指学校。

其七·丰年记

喜逢己亥，时光静好。

香草四溢，绿花渐浓。

岭山雪化，草堂东风。

携唐诗宋词，带金樽古琴。

忆裴度剑气，思张旭书法。

赞东坡豪迈，感射阳行空。

悠悠历史，几多人物。

浮名虽去，风骨如松。

新桃换旧符，万象气更新。

爆竹一声脆，共说此年丰。

会友八首

其一·喜王知县见访

黄狗睡花下，翰林文士家。

知县来做客，把酒话桑麻。

青青碧草地，声声池塘蛙。

朝雨浥清晨，春风吹绿芽。

鸿儒相对饮，围坐品晚茶。

百年大变局，家风传天涯。

其二·赠别包惠君

惠君辞别日，凤凰飞铁山。

莲湖增秀色，春草碧连天。

吏民争相送，依依不舍还。

无语竟凝噎，握手此相看。

江水东流去，女子湿青衫。

丈夫非无泪，不洒离别间。

虽无钟鼓乐，政声响云天。

功名且不论，松柏知岁寒。

惠风化细雨，晨曦染巴山。

九年如一日，未敢有清闲。

百废已俱新，通州换新颜。

待有新人到，接力永无前。

天下谁不识，明月照尔还。

但怜渠江水，相期在何年。

其三·闻同窗刘君右迁

昔日彭州学堂上，悠悠渊源几曲长。

他乡学子来深造，个个才高名远扬。

潜心笃志学理论，聚精会神读思想。

科教百业能兴川，竞技千帆乘风航。

同窗互勉要奋进，学员共度岁月霜。

锦城郊外欢愉短，但使厚谊胜湖江。

近闻刘君添喜事，履新右迁凌空翔。

常道人间真情在，桃花潭水把酒酿。

其四·闻中书舍人迁渝州有感

昔闻少年名，起步嘉陵江。

又过西岭峰，展翅白云上。

蜀道多寂寞，无边是苍茫。

燕京璀璨地，磨砺出寒光。

中书门下省，锦绣吐辞章。

金銮殿上客，玉阶千宫帐。

皇州春色阑，紫陌起凤凰。

朝罢裁五诏，夜来动仙掌。

一首阳春曲，十年在文场。

拂晓旌旗飘，济帆万里长。

天子恩浩荡，功成归故乡。

凌云已道高，朝天向北望。

其五·大连海边遥寄燕京于君

卿本齐鲁人，贵地出俊秀。

白马奔大道，春风四海游。

长安辞家不惧远，二十才第登高楼。

挑担移家三万里，从此田郎觅封侯。

职场有海驾轻舟。

锦官城内多兄弟，天子脚下逢故友。

长安城上蓬勃志，沧海浪中斥方遒。

茫茫白雪东北地，烈烈雄风西南州。

跌宕人生风雨里，颠簸岁月几度秋。

五十知天命，换作盐道使。

浮云偶蔽日，萤虫不足忧。

烤鸭翅，添米粥，悲欢离合将进酒。

五粮液，重阳九，琥珀金樽十千斗。

噫吁嚱，何惧高哉。

长风破浪常有时，直挂云帆济海洲。

26

其六 · 赠京城诸侍郎

宕渠多秀士，如虎驾轻舟。

文采已斐然，声名扬神州。

北方有词客，丽文刻高楼。

绵绵江湖情，悠悠岁月愁。

岳阳洞庭湖，奈何通渠沟。

巴蜀诗赋地，相约重阳九。

一杯复一杯，对饮佳酿酒，

酒中映日月，人生几度秋。

归来入好梦，平添几分忧。

古今一轮月，江河万古流。

其七·送果州张太守赴任

人生漫漫长夜长，秋风萧瑟嘉陵江。

故人右迁果州去，芙蓉城内送霞光。

愿君爱民亲如子，桃李不言常思量。

野雪尽销春意阑，男儿有志在四方。

都言旅宦行客苦，闲来读书寄清凉。

何愁异地知音少，高山流水满庭芳。

其八·酬监察御史泽健君见访

桂溪河上飞鸟去，翰林村中几曲回。

古榕树下光阴迟，漫卷时光不可追。

柴门早为远客开，赵三姐家有美味。

愿借桃源寄惆怅，轻歌一首复几杯。

同是天涯读书人，莫负青春可长醉。

相约文昌修缮时，明月柏湖秋鱼肥。

风景五首

其一·观云

开春多吉日，登楼赋新诗。

拨得云雾开，不可夸往昔。

偶遇素心人，归来黄龙溪。

长安花正艳，借风马蹄疾。

其二·晚风

霓虹照青石，晚风吹细柳。

北湖映秀色，明镜动渔舟。

只在竹林里，叶落亭更幽。

鹭鸣破长空，花香藏衣袖。

金地多灿烂，闲坐话渝州。

云深夜已凉，明月几多愁。

其三·溪云

晚风孤舟，清夜无尘。

虚名浮利，梦醒时分。

路途漫漫，寄声鹭鸣。

短歌残书，独坐天明。

锦绣文章，谁与相亲。

不如归去，做个闲人。

半壶老酒，一张素琴。

且住南山，几片溪云。

其四·北湖

北湖日光好，凉面红糖早。

微风徐来时，暂且架烧烤。

鹅翅麻辣面，牛舌黑猪腰。

交警五大队，罚单令人恼。

景色虽秀丽，交规应学到。

好事多磋磨，凌云始道高。

其五·大雪

昨夜寒风起，今晨冰雪来。

总嫌春色晚，偶思轩辕台。

吏部传书信，金榜未曾开。

借问酒家是，万里轻尘埃。

感怀二十一首

其一·新长恨歌

通州一狱卒，原住桃花溪。

山高路且险，僻壤又贫瘠。

父母皆务农，漂泊且无依。

五更村鸡鸣，呱呱坠落地。

幼小多病苦，无钱寻良医。

由是身单薄，时时染恙疾。

四岁进学堂，七岁父远离。

南方云海边，家书难为寄。

十年寒窗苦，虚名榜上题。

家族咸荣光，名震四邻里。

敲锣送村口，打鼓别路歧。

发奋度四载，写稿足丈低。

同窗均酣眠，挑灯犹驰笔。

潺潺渠江水，时光疾飞驰。

苍天不负我，文名震京西。

著作二十部，篇载长千米。

卿相京城见，拳拳多鼓励。

毕业做游侠，仗剑走马蹄。

燕地通巴蜀，崝山至磻溪。

伶仃一孤客，思亲回故里。

捧书志科举，探花考典吏。

禁苑在荒山，寒风雨凄凄。

两日一夜班，三天不缺席。

逢四开例会，遇六不休息。

铁门开与锁，人生有玄机。

监区扫九遍，凌晨星月泣。

囊中常羞涩，工资差可比。

多年酬未变，卑职常戚戚。

近闻同事悲，悍妇把婚离。

要问何缘故，寒门无房邸。

离离园中葵，朝露待日晞。

休提千金裘，勿谈百家事。

他朝鲲鹏志，直上九万里。

其二·神女记

你从唐宋来，隐居在巫山。

历史早远去，千年难再现。

青灯古佛旁，孤影旧竹简。

梧桐兼夜雨，滴滴穿阑干。

薄纱阴风劲，三更泪难眠。

宝塔压白蛇，郎女鹊桥仙。

孟姜送寒衣，哀嚎长城巅。

垓下马悲鸣，虞姬寸肠断。

孤坟幽梦处，相顾却无言。

纳兰悼卢氏，热泪湿青衫。

李冰故乡地，孔雀向东南。

文庙常祭祀，祈福半生缘。

你从唐宋来，凡夫难相见。

倾城又倾国，窈窕赛婵娟。

羞花弄舞影，红霞落飞雁。

素手撩衣裙，淡妆抵玉环。

眉如细翠柳，面似芙蓉盘。

朱唇不点红，皓齿白如兰。

玉指类春葱，小脚三寸莲。

芊腰摆云袖，飘丝过香肩。

凌波呈柔腕，吐气若幽兰。

共道田径场，清风白云淡。

有幸逢佳人，游子不顾还。

遥看绝代色，三日忘酒餐。

你从唐宋来，四月艳阳天。

巴山一孤客，旧地半晌欢。

道路虽荆棘，但见神女颜。

谁知心中事，鼓瑟弦琴断。

苦饮三杯酒，绝唱声声慢。

千金买一笑，百媚香淡淡。

烟光残照色，凭栏衣渐宽。

夜半无私语，惊起满身汗。

但愿景尚好，明起早扬帆。

沧海难为水，乘风赴彼岸。

不关风月恨，何时还相见。

其三·行路难

行路难，行路难！

大道有拥堵，小路多荆棘。

前路多坎坷，命运是常歧！

空有才学无君赏，垂钓闲坐黄花溪。

人生自古多曲折，寒风直摧鬓毛低。

屈原含恨沉汨罗，司马受辱撰史记。

伊尹寒夜梦日边，子牙七旬直向西。

吾辈岂是平凡人，猿猴怒哀江水急。

挥刀斩草过峰山，腾云直上九万里。

明月清风温旧梦，绿叶红花思新人。

海上龙门无所远，长风展翅跃天梯。

其四·新游子吟

慈母别村庄，去川下南洋。

少小离家苦，自幼宿学堂。

他乡吹琴笛，声声是苍茫。

悲泪哽在喉，滴滴掉渠江。

秋风吹落叶，春鸟云中翔。

乌雀绕三枝，静夜辰无光。

都云思亲苦，逢节多感伤。

家信迟不寄，邮马道路长。

须臾三十年，尘土飞与扬。

母爱无所报，寄予家国上。

其五·且为乐

人生在一世，不过灰与尘。

胸怀维地才，卓尔独不群。

夜读孔孟书，晨来诗词吟。

汉赋竹中简，哲史纸上经。

飘飘何所似，天地一华芬。

丈夫且为乐，对月若相亲。

贤哲皆如此，愿作帝王臣。

扶摇九万里，从此上青云。

其六·劝学

一目十行书，心无半点尘。

自有颜如玉，诗词如故人。

富家未增田，经史胜纹银。

莫愁无相随，闲卷每相亲。

年少五车书，温故而知新。

浩荡白云下，一字值千金。

其七 · 短章

她在渠江尾，我住渠江头。

共饮渠江水，明月下西楼。

今日忘忧城，何处能忘忧。

黄花香满地，独饮黄花酒。

少年元宵节，春光衣满袖。

琵笆半遮面，相约黄昏后。

又站渠江头，绿波向东流。

思君不见君，落日系孤舟。

其八·饮酒

独酌一杯酒，星垂听江声。

蛙鸣愁几许，夜过已三更。

邀月来我家，闲坐聊此生。

云白风色寒，他乡锦官城。

兴亡千古事，且唱去浮名。

其九 · 浮生

男人也蹉跎，半醉酒中间。

浮生多匆忙，百计不如闲。

锦官逢故人，莫道行路远。

了却当下事，躺平看青山。

其十·暑热

中夜苦热醒，开窗邀明月。

本是老相识，盛情难再却。

翻书强镇静，字字无心学。

但愿秋风后，夜钓岷江雪。

其十一·晨读

每天晨读一首诗，莫叹前程光阴迟。

阳光须在风雨后，白鹭振翅朝天啼。

草上懒蛙轻鸣闲，莲下绿水多参差。

明镜北湖磨砺中，照得云开秋来急。

年年游人湖光路，岁岁残月寒门衣。

多少浮生名利客，万里悲歌弄长笛。

其十二·年华

夜诵珠玉诗，晨读窈窕章。

偶访二品官，常聚俊才郎。

巴蜀云乐地，明月温柔乡。

花重锦官城，横绝西岭上。

借君一杯酒，忧思万里长。

年华似水去，行路是苍茫。

其十三·池蛙

池中新水老年蛙，笑那少年泳技差。

夕阳尚能有余光，照得小荷半边霞。

寒风一夜秋雨来，龟缩草岸洞穴家。

少年已乘巨楼船，东风做伴至天涯。

云帆西去长流水，无可奈何叹芳华。

青山红日多妩媚，空留怅然是池蛙。

其十四·菩提

莫欺年少谚语传，千古至理不新鲜。

无人能定将来事，有说风水轮流转。

苍天不曾饶过谁，掩耳盗铃恶多端。

积善之家有余庆，积德之人增余欢。

应劝青春读历史，从来因果是循环。

菩提树下菩提心，回头岸上回头岸。

其十五·读书

山中有景须乘鹤，江上无路要驾舟。

男儿应读五车书，并无茶来也无酒。

功名本是当下事，腹有诗书增烦忧。

十年一觉芙蓉梦，博得文坛虚名愁。

长风自去三万里，江河日下夸长口。

大笑三声闲信步，白云散去是高楼。

其十六·离骚

锦城连夜秋风雨，阵阵浅唱多离骚。

三十余岁难自立，青春妩媚不年少。

窗前梧桐叶声声，声声怅然催人老。

四十有恨而不惑，残月青云系林梢。

哀叹读书年华迟，噫吁庙堂始道高。

或是腹中才学空，好运少来庸自扰。

再读五车竹简书，争春也要争春早。

壮心鸿鹄冲天志，代代风流是天骄。

其十七·青春

早岁哪知世事艰，太白鸟道愁攀援。

如今白发新增几，满面尘灰泪始干。

川西黄鹂空悲切，蜀东明月照空山。

青春芙蓉虚度过，美酒香车凋朱颜。

都云诗书能封侯，半部文章可开关。

曾经沧海难为水，悔不当初已惘然。

其十八·晨风曲

昨夜高楼昨夜风，几缕青丝面朝东。

心有玉尘单相忆，窗无冰花双影重。

他年放荡游侠客，今朝慎微君子穷。

笔墨浸染增愁绪，多少车马月下逢。

温酒送春一杯满，寒梅入冬千盏红。

最是人间留不住，红颜易老雪压松。

其十九·贤妻

都云知己难再求，何况鸳鸯长相伴。

人生有难各自飞，同林双鸟也分散。

谢天赐我贤良妻，遭逢曲折泪始干。

他朝若遂鸿鹄志，与君同上青云端。

曾经悲喜随流水，万花丛中回顾懒。

纵使寂寞开成海，相依有靠在桃源。

其二十·稚子

三年此一别，幼园曾相逢。

稚子相见早，蓬头衣渐松。

课间偶调皮，欢乐亦无穷。

散学寻蝴蝶，周末捉鱼虫。

同窗情谊在，他朝陌路同。

恩师多教诲，言慈意更浓。

四月云开散，锦城花几重。

待到相逢时，红日照远峰。

其二十一·伤时

自古才子慕功名，却被功名压残身。

大多水中捞幻月，浪花一朵湿凡尘。

从来万事多磋磨，不如克己求本真。

江湖庙堂随自然，倒骑青牛入草深。

悠悠历史千百载，富贵荣华不由人。

漫雪飞舞水穷处，是如春梦了无痕。

歌行体十五首

其一·内江行

闲来偶回甜城里，沱江浪里泛轻舟。

松山云下青草路，婉转多艰是渠沟。

借来金樽千杯醉，邀月同登万尺楼。

人生不过半斤苦，三两惆怅二两忧。

奋起他朝鲲鹏翅，扶摇直上九重九。

天生大才必有用，会当绝顶望海州。

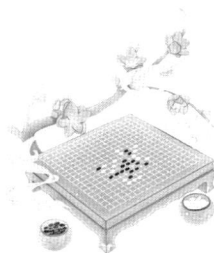

其二·嘉州行

太守邀吾写辞章，半部论语百世长。

大佛脚下言众生，峨眉山顶寒月光。

南华宫前听古戏，船形街头看霓裳。

悠悠历史扑面来，浓浓文脉随风荡。

从来小人管窥豹，青衣江上是岷江。

借来岑参当年志，白雪树下路千行。

其三·戎州行

长江船上长风寒，寂寞江水起波澜。

朱生召来四方客，对酒高歌情更酣。

代述军中旧年迹，尘世东风意茫然。

翰林村外名利客，小酌怡情山林间。

岁月蹉跎读书事，学无止境是华年。

漂泊半生发成雪，归云作伴万里山。

其四·渠县行

谁无贫贱少年时，嫩芽短枝春风残。

子美也曾常流落，草堂一夜把茅掀。

曾经悠悠柏湖水，夜夜星辰起波澜。

深山野林千百路，条条可达君王殿。

文峰学堂读书声，声声入耳几辛酸。

笨鸟先飞勤为径，满腹诗文来作船。

崔九堂前添志友，岐王高歌喜新颜。

最是故乡风景好，万家灯火又阑珊。

莫欺寒门穷且苦，他朝扶摇上云端。

滚滚渠江东逝水，代代人物风流传。

其五·大连行

小时闻大连，呼作北香港。

又疑云中岛，宛在水中央。

棒槌岛上峰，齐天凌云上。

明月半轮秋，无边是苍茫。

其六·遂宁行

故人备美酒，邀我至遂宁。

四方来做客，高歌又酩酊。

春风万里远，手可摘星辰。

酣睡红日出，来年就大英。

其七·开江行

莲叶何田田，开江小平原。

坝上晒新谷，山下水潺潺。

风吹千层浪，荷动万里帆。

池鱼秋来肥，戏虾起波澜。

入林走幽径，闲步听鸣蝉。

杉木凌云上，落霞照青山。

奇石滴清露，竹舍衣正单。

不如早归去，结庐是清欢。

县令甚好客，稻香说丰年。

劝君一杯酒，且忘车马喧。

做个懒闲人，草屋八九间。

放下凡尘事，无处不桃源。

其八·恭王府行

昔日恭王府，今朝游客行。

雀鸣池边树，云愁洞上庭。

人情通达处，辞赋歌帝京。

福字碑上刻，万古不长青。

其九·北大行

未名湖畔未名楼，人去楼空见古丘。

才子佳人埋岁月，火树银花度春秋。

五湖四海聚俊杰，笔落诗成惊九州。

可叹前路多荆棘，铁马开道斥方遒。

最怜妇人常感叹，悔教夫婿觅封侯。

桃源金菊已开放，柳暗花明过轻舟。

但使田舍能醉客，暂放名利与喜忧。

唯愿当歌金樽里，与君同销万古愁。

其十·天台行

樊笼多风雨，案牍常伤身。

偶得返自然，轻敲寺中门。

清风过绿树，流水催行人。

北斗照天台，萤火戏星辰。

抛开凡尘事，明月暖我心。

日出金色开，清露湿旧痕。

其十一·玉林行

行人匆匆进地铁，总看手机不停歇。

一骑绝尘飞扬起，空留芙蓉满城叶。

都是他乡名利客，没入红尘空悲切。

若得春风来拂面，曼歌一曲玉林街。

其十二·长歌行

唐时绿水隋朝花，西风吹落漫天霞。

疾疾孟马随尘去，悠悠白云思无涯。

江北明月照燕山，蜀东浓雾隐巫峡。

灯前纸墨无一字，屋后松声夜沙沙。

君不见自古行路难，空留悲叹是井蛙。

可向裴公借剑气，长帆直挂舟急发。

且与知己饮美酒，人间处处春如画。

其十三·故乡行

故乡柴扉开，不见亲朋来。

垂钓南山里，白云闲自在。

忽闻汉吹曲，声声压尘埃。

瘟疫三年生，日月照青苔。

寒冬腊月后，春风去又来。

悠悠渠江水，洗尽人间哀。

其十四·芙蓉行

芙蓉城下何所有，池上白云一莲藕。

只可孤芳不能赠，早有蜻蜓立上头。

芙蓉城中何所有，浣花溪里野鱼游。

草堂秀色关不住，斯人已去增烦忧。

芙蓉城上何所有，万条垂下绿丝绦。

锦江不见东吴船，浪水东去是千秋。

其十五·桃花行

庙坝有桃花，乘车去看它。

桃花还未开，桃户不在家。

轻开柴扉门，冷风迎面颊。

携朋登高处，林深香菊花。

草盛青苔路，池塘戏野鸭。

远闻民歌声，近遇农户甲。

握手细打听，繁盛不自夸。

年年桃花节，岁岁誉京华。

四海来宾客，八方聚游侠。

桃花遍山野，桃果味更佳。

车马不停息，游人如织麻。

尽兴桃花源，半月忘归家。

非为家路远，桃酒醉桑麻。

唾沫四溅起，风吹银短发。

悠悠青石路，凄凄枝头鸦。

寒风不领情，落木萧萧下。

可叹未逢时，花神无空暇。

巴山一诗友，恨别又归家。

待到春阳暖，定来赏桃花。

相约在三月，何惧远天涯。

词·小令

清平乐·其一

水鸡轻叫，河岸青青草。昨夜香帘佳丽笑，痴看谁家窈窕。

风吹古树春秋，一江渠水东流。月落曲终人散，新增几处闲愁。

清平乐·其二

蓝蓝江水,细细春风醉。柳树悠悠香兰蕙,白狗青石酣睡。

翰林湾上渔船,碧空万里晴天。雀鸟林中欢叫,沧桑岁月多年。

清平乐·其三

虫蛾飞舞，夜宿荒山处。寒寂高墙关不住，弥漫一江烟雾。

残笛半夜孤魂，衣衫润透霜痕。料想清晨红日，远方故友敲门。

辞
赋

天府四中赋

日之升矣，于彼东方。梧桐生矣，起兮凤凰。文翁化蜀，启浩浩千年文脉，蜀子堪比齐鲁。后辈砥砺，承鸿鹄之志，川学媲美京港。天府之南，物华天宝，改革开放之高地；锦江之畔，人文荟萃，卓越学府之帆扬。

夫天府四中者，丁酉二月筹建，戊戌三秋启航。巴蜀之心，蓉城之腹。麓湖西岸，生态锦江。远观，翠峦环抱，万象齐昌。近览，汉瓦庭院，桢楠临窗。晨来，推窗见绿，嘉木成行。晚归，明月照人，楼宇堂皇。可谓：英才摇篮，文明辉光。汉风古韵，仁士向往。

鲲鹏逍遥，傲然以激浪。凤凰和鸣，展翅而翱翔。承古训，开新风。学子风貌气象，自主自立自强。一校芝兰，满园贤良。鸿鹄其志，灵珠其光。济济名师，春风化雨。不忘初心，情育栋梁；莘莘学子，修德修艺。不坠宏志，学贯四方。书山有路，师者传道授业以解惑；学海无涯，举子修身齐家志四方。

英彦竞驰，凤翯龙翔，改革创新，乘风破浪。以文教化，历经峥嵘岁月；以德润心，树立新区榜样。崇文尚德，行内涵发展之路；厚积薄发，立拼搏向上之风。琴棋书画，诗词歌赋，文艺之花绽放；科技创新，体育竞技，荣誉之苑芬芳。屡创佳绩，扶摇直上。巴蜀驰名，全国领航。厚德载物，继往圣之绝学；教泽未央，育中华之栋梁。

云山苍苍，历史悠长。天府书院，文风浩荡。紫气东来，花重锦官之城。玄黄西去，雪轻芙蓉之墙。桃李天下，德行韶光。树人伟业，斯曲流觞。四中大哉，建百年名校。四中永哉，传千秋文昌。

翰林湾赋·上

　　南接宕渠，北临通州。清源峡谷，曲径通幽。蓄水一亿方，造福八百年。抗旱千顷地，滋桑万亩田！古今兴亡多少事，听君酒后话从前！

　　碧波荡漾，千转百回。桃花弥漫，奇石高垒。白鹭惊飞，银蛇隐没；黄羊信步，獾猪静卧。霞穿云层，渔翁垂钓。雾绕青山，牧童吹箫。锅顶山下，草木葱绿景色好；翰林村上，文脉久远声名扬。

　　山清水秀，多出骏马。人杰地灵，常有贤哲。寺垭僻壤，举子蛰居乡里；官署堂皇，县令光临寒舍。知己握手，无言浊酒千杯少；伯乐荐书，深情黄金万斤重。寒士挥笔，一夜金榜题名时。文星璀璨，力里红尘飘香地。英雄并非无路，才子常遇贵人。松柏最知岁寒，草木自有本心。春秋轮回，玉堂署院握文篆。十年教化，山西盂县掌权柄。降价稳市，借铜贷银济苍生。廉洁奉公，修桥筑路劝农桑。不阿权贵，仗义执言黎民赞。难悦上级，辞职弃印归故乡。

　　吟诗作词，赤心寸寸。携妻带子，鬓发苍苍。《蓉城之恋》，青春意气观沧海。《屏山文集》，声名远播达四方。渠水汤汤，秋雨连绵千百夜。历史悠悠，家风浩荡万古长。

乘春风归故里，捧月光思旧人。贾氏祠堂今何在？一棵枯树半块石！后生泪洒春秋恨，斯人已去不可追。八台山梁，浩浩英雄气；苏维埃馆，烈烈红日焰。纪念碑亭，凄凄佳人泪；柏林水库，潺潺流水声。

（2013 年 9 月，月夜，写于达州）

翰林湾赋·下

北临绥定，南接宕渠。清源峡谷，曲径通幽。桃花弥漫四野，农田灌溉万顷。霞光斜穿云层，碧波旖旎柏林。银蛇出没，黄羊信步。木莲婀娜，绿风荡漾。夜色扁舟归客，炊烟寂寞青天。自古兴衰往事，醉后君话从前！

茫茫巴山豪杰，泱泱渠水春秋。烈烈英雄红日，浩浩八台垂柳。纪念碑亭，佳人凄凄。柏林湖上，水声潺潺。贤哲俊才，常出深山。骚客雅士，多在书房。三月廪生，世间常称稀有；十八举人，朝野不言平常。宕渠县令，几多访问。寒舍清酒，相酌彷徨。豪情赠金，荐书帝王。英雄并非无路，才子多遇贵宾。嘉庆年间盛世，帝王殿前浩荡。马蹄迅疾，一夜金榜题名。燕京璀璨，十里红尘飘香。翰林院握文篆，盂县府掌柄权。降米价济灾民，贷白银救苍生。仁爱惠子，以兴教化。修桥筑路，共话桑麻。廉洁奉公，布衣盛赞。仗义执言，权贵进谗。居樊笼返自然，隐村野撰《屏山》。草木自有本心，松柏也知岁寒。

乘春风归故里，捧月光思旧人。贾氏祠堂今何在？秉钟虽去犹可追。

渠县赋

千古岁月，万年渠江。北依巴山之锦绣，南借华蓥之风光。西取嘉陵之江水，东望巫山之苍茫。秦设宕渠，曾治地于城坝。明称渠县，缘更名自流江。山河依旧在，草木已沧桑。竹简皆成梦，岁月永流芳。

悠悠历史，源远流长。芸芸众生，天地玄黄。武王伐纣，巴师勇锐克殷商。高祖出关，賨人歌舞败秦皇。诸葛连弩，三千勇士防城池。板楯射虎，七姓土著复义方。王平两战，令曹魏胆破心惊。父子二冯，守国土和睦安邦。李白乘舟，扬葩诗歌在岩壁。元稹尽兴，大唐文风于僧房。季真逸致，闲来题字西岩亭。伯玉寂寞，借酒浇愁清溪场。李雄刚烈，率流民成都称帝。万邦忠勇，领亲兵台湾护航。八濛山二张大战，血雨腥风。礼仪城三教合一，流彩飞扬。建立苏维埃，潺潺流水，使命不忘。大战台儿庄，烈烈雄风，功绩辉煌。渠江少年，点星星之火，血染沙场。宕渠儿女，传红色基因，喜迎解放。

奇山异水，人杰地灵。俊秀溢彩，物种富乡。盐存陡崖，当今位列川冠。煤储深山，历史也称海量。竹枝诗词，左右绣虎雕龙。三汇彩亭，前后不同凡响。村野呷酒，一饮口留余香。

蒙山大曲，半醉肝肠回荡。刘氏竹编，驰名大江南北。三汇特醋，远销中外市场。赍人谷，哮天犬声动祥云。老龙洞，娃娃鱼御抵风霜。马鞍山，秋红叶层林尽染。文庙堂，词翰风声势浩荡。六月黄花，早露微润香旭日。汉家陵阙，风雨不侵照夕阳。鹖冠子悟道，名震四海。贾秉钟作诗，冠绝八方。黎希声传经，亲授皇帝。李淑芳爱民，政声远扬。宕渠四子，墨染千秋江水。有志青年，笔刻万仞宫墙。

巍巍大地，百里封疆。万象更新，诗情故乡。旭日东升，看七十年山乡巨变。春风轻拂，品新时代日子芬芳。经济腾飞，已得广厦千万间。扶贫精准，又获百姓屡飘扬。科技创新，周公吐哺纳人才。学风兴盛，教育争先题名榜。高铁连接西陲地，虹桥架通南边疆。投资建设硅谷城，百业兴盛齐登堂。大鹏展翅，扶摇万里晴空上。猿猱攀援，蜀道千里是平常。技术革命，西部前茅尚可攀。工业发达，川东翘楚也不让。时代新城，谁人记忆曾蛮荒。人生桃源，异客曲水多流觞。

宏德天下，山水画廊。赍人精神，忠勇铿锵。秋雨连绵千百夜，春风浩荡万古长。滚滚渠江东逝水，悠悠伟业可永昌。

酒赋

蓉城小聚，灯火阑珊。所饮美酒，平昌甘甜。产在凤凰山下，取自千年古泉。名为青凤源酱，可抵岁月霜寒。四季合时，穗抽花散。五谷精华，日月同天。文士不胜酒力，醉中手持竹简。历史英雄无数，喜得春意盎然。

李耳骑牛，退而过关，道德真经，洋洋五千言。孔丘离鲁，泣涕涟涟，论语文章，三千弟子相传。屈原沉江，人心不古，独醒于世，君子难敌谗言。荆轲刺秦，易江水寒，壮士西去，空留一颗孤胆。曹植七步，瞬成诗篇，本是兄弟，何苦急相煎。知章喜酌，自称八仙，宦海辞别，儿童不识相见。李白斗酒，诗书万卷，蔑视权贵，天子呼不上船。杜甫狂客，醉吐真言，三吏三别，乱世又逢龟年。东坡忠义，乌台诗案，颠沛流离，未能埋骨眉山。清照寂寞，流落江南，离愁别绪，怎奈欲剪还乱。稼轩夜里，挑灯看剑，壮志难酬，急笔丽词长短。孤贫雪芹，茫茫一片，十二金钗，最是丽色悲欢。

酒里乾坤，壶中流年。琼浆玉液，珀光灿烂。挫折常遇，莫悲时运维艰。苍天不老，也寻知己红颜。人生在世，清浊之间。但愿一醉，都付笑谈。

达州兰台赋

　　壬寅六月，达州政通人和，增修兰台。百业俱兴，祥云万千。存档为记，以史为鉴。可庆可喜，嘱予作文以记之。

　　西南有巴国，岁月静无声。太皞生咸鸟，后照始巴人。《说文解字》有载，《华阳国志》可循。武王伐纣，载歌载舞以克殷。始皇称帝，巴蜀两国皆吞并。万古江河日月，四季山水星辰。曾经通川旧郡，当下达州新城。元微之，有诗"通州"；徐霞客，曾词"奇胜"。

　　坐卧巴蜀之地，常言十步香草。鹖冠子，道家思想九州传遍。贾屏山，诗词文风四海盛名。李特、李流，兄弟齐心建大成帝国。冯焕、冯绲，父子同德修车骑故城。唐宋两朝，曾来宰相六位。明清二代，又出俊秀多名。李峤、刘晏、李适之，通州谪居。韩滉、元稹、张商英，川东留痕。破山禅师，含辛写诗。石井道士，茹苦传经。抗敌守台，万邦将军。《潜书》启蒙，圃亭先生。《连昌宫词》，天下一枝独秀。五牛宝图，古今四海绝尘。元稹笔下，除却巫山不是云。申君远去，凤凰楼下江水声。城坝遗址，宕渠少见琳琅。渠县汉阙，中国难得无双。荔枝古驿道，隐约有遗风浩荡。神奇罗家坝，仿佛见皎月光芒。白杨之木，战地挺秀郁苍。青年之诗，边塞摘艳薰香。钢铁父亲，可抵岁月沧桑。窈窕小罗，将行大道无疆。宕渠四子，传承千古文脉。巴山作家，书写万世辞章。

偏居西南一隅，但有奇物异产。龙潭溪水，鲵鱼吞雾藏岩。巴山峡谷，陡石吐云朝天。竹海深处，鸟兽随步逸闲。八台山上，层林胭脂尽染。仙女洞中，宫娥沉鱼落雁。宣汉天然气，储量神州二甲。大竹优苎麻，产值中国一冠。灯影牛肉，远销东亚。三汇特醋，热卖华南。桃花香米，长歌当还。巴山雀舌，共品即欢。

改革春风吹华夏，红色丽日照山川。经济腾飞，已有广厦万间。扶贫精准，喜见百姓欢颜。科技创新，人才典范。学风兴盛，教育尤先。高铁连接西东，钢桥架通北南。大鹏展翅，猿猱蜀道也能度。技术革命，黄鹤绝壁尚可攀。工业发达，西部当仁是翘楚。文化昌盛，川蜀不让也拔尖。曾经蛮荒，已是流芳名城。如今富饶，可谓圣地桃源。

道家始祖，李耳守藏于周室。史家绝唱，子长奋笔于长安。档案有凭，历史无言。古今以照，岁月可鉴。回忆过去，何当西窗共剪。展望明日，却话夜雨巴山。继往开来，启后承前。兰台以赋，传之永年。

宏德学校赋

　　龙门深处，紫霞飘扬。湔江之滨，桃李芬芳。三星堆遗址，璀璨夺目。古商州文化，绚丽辉煌。北街魁星楼，傲然挺立；南桥白东塔，风月沧桑。王城故地，川渝粮仓。天彭重镇，左都濛阳。

　　如此风水宝地，定是人杰地灵。选址清幽河畔，背靠僻静龙门。名曰宏德学校，希冀立德树人。星光灿烂，携梦远行。旭日东升，锦绣前程。四海学子，前来苦心求学。八方教师，在此讲授耕耘。悠悠校园，崇尚真知，弘毅笃学。四好老师，人人以身作则。三力特色，个个有趣鲜明。学堂五声，声声最是洪亮。校园五精，精益还须求精。

　　师者，传道授业解惑；学者，静以修身无尘。因材施教，可情智共生。仁德校风，应培根铸魂。传承红色基因，发扬创新精神。

　　人生一世，非学无以致远。命运半生，无志不能飞翔。孔夫子曾求师李耳，赞斯人为天龙。黄石公也指教张良，激小子近怒张。鬼谷子博学，培高徒众多，前茅是公孙鞅。庞德公重义，荐弟子无数，翘首为诸葛亮。师以弟子成才，而华夏扬名。弟以老师传道，共神州荣光。

可谓：胸怀苍生，家国担当。宏德天下，盛世华章！

杂
记

天府家风馆记

惠风如茗，白云悠悠。江山如画，天府锦绣。芙蓉城内，白鸽飞翔于天。新都郊外，斑竹青青在野。状元杨慎旧址，宰相廷和故乡。见一处庭院，古色古香。灰瓦白墙，错落有致，名曰天府家风馆。本是三级共建廉洁基地，依托升庵祠名胜古迹，发挥教育引导功能。创建几多波折，历时越两载，辛丑岁中，玉汝于成。

莲叶田田，绿水环绕。长烟一空，日和景明。轻上石阶，渐入馆内。展厅星罗，排列整齐形式新颖，内容丰富。先贤家训，引以为源。红色家风，借以立德。战地家书，壮家国情怀。升庵遗风，传杨氏后人。以史为镜也，借古而喻今。文以载道，德以服人。携清风徐来，润万物无声。

开馆之后，集者如云。功效显著，好评如潮。京城有嘉宾参观，九州来干部学习。企业员工，常去培训。书院师生，到此熏陶。教学相得益彰，启迪心灵，老少备宜，四海皆知。

嗟夫！家风馆，家风之承载也。以馆作平台，借史为资源。弘扬真善美，传播正能量。营造风清气正之生态，融入艰苦优良之传统，走入新时代，带进新征程。

　　是曰：文化，民族之魂。家风，社风之基。社风清澈，政风明朗。国运恒昌，人民所望。

屏山书院记

　　壬寅十月，万物欣荣。好友陈龙，乃知名教育家，欲成立一书院，邀我取名。斯是幸事，不亦乐乎。

　　所谓书院，读书场所，交友平台。以书为载体，以院为凭依。以诚为首要，以信为前提。聚天下之才子，邀四海之兄弟。可以调素琴，阅金经。斯是陋室，惟吾德馨。

　　所思所想，幸甚至哉。忆过去，往事浮现。自豪于先祖事迹，感慨于世态万千。渠县僻壤，贵福小镇。贾氏家族，文脉深远，家风浩荡。当地盛传，一门七进士，三代一翰林。

　　翰林名秉钟，殿试之上，面见天子，荣受好评。自此声名远扬，文章盖世。选馆一年，翰林毕业。下放山西，主政盂县。为官清廉刚正，从教提拔后生。常为子民请命，多替百姓泽福。闲时，撰写诗文，整理文集。致仕之后，退居山野，新修屏山书院，教授孩童，培养才学之士。堂前不种花，桃李满天下。可谓一方大儒，绝代英才。

　　曾经锦官城，当今西蜀地。欣闻书院新建，坐落成都，取名在即。遂有感于贾氏文风，自豪于翰林祖德。建议用名屏山，沧海开屏，喜见泰山。呜呼，锦江之河，千帆万里。天府大道，锦绣前程。

张调研记

张调研，坐屏山而观天，天之大，无穷矣。以己之心，而判命运之波澜。弱，则思强之所变；穷，则思富之所难；低，则思进取之艰。

张调研，三寸之电话，遥控天地之浩瀚。四海也，兄弟。五湖也，朋友。然，遇之大事，则无限悲欢。论交情，时人却常思交换。谈交易，可惜囊中寒酸。望长江之汹涌，登高楼而感叹。张调研，调研宇宙之浩渺，大话寰宇之无限。于是乎，坐而论道，英雄气短。

张调研，凌云之木，常被低贬。他朝若得鸿鹄志，众人惊呼，大鹏扶摇，直上万里之云端。

晨读记

晨读，析二苏，虽同根而生，但文风大不同。苏轼之文，言之有物，论之有理，读之有情。苏辙之文，理大于文，论多于情，铺张于费，如壮牛之骨，虽有肉，但硬之太过。两者，不可同语焉。

苏轼有一恩师，由梅尧臣荐，是为欧阳修。苏辙有一恩公，其写文自荐，是名韩琦。欧公，韩公，均为晏殊弟子。以此类推，二苏为晏殊徒孙也。晏殊还有一徒，名为范仲淹。范仲淹有一门生，宰相王安石是也。王安石与苏轼，虽政见不合，但又同归于词宗。此之为文坛，亦是大宋之政坛。

读文，应见其文之外。吟诗，应探其诗之内。赏词，应观其词之左右。文不是文，诗并非诗，词亦不是词。文人之意，不在文，在乎天地之间。是谓读书之道，为文之道也。

读欧公文记

欧阳修，文章之大家。诗能书其心，文能发其意，词能绘其情，自然无雕琢，深刻而浩远，肃然起敬。

《秋声赋》，为其名篇。看似写秋声，肃杀之万象，伤悲之感叹。实则写命运，世事之无常，秋来也无力。秋声也，人生之跌宕，命运多舛也。

《醉翁亭记》，醉翁取名，智仙所修。僧人居其所，游人乐其行，太守娱而饮其酒。鸟知山林之乐，乐在山林。人因从太守游而乐，而不知太守乐之乐，盲从之乐也。醉能同其乐，是一人之乐。醒能述其文，唯太守一人而已。何矣？醉翁之意不在酒，在乎山水之间也。

山水之外是山水，山水之内是人生。人生与山水，一山之隔，一水相连，但意境大不同矣。醉山水之雅境，感万世之太平。以万世之太平，书千古之文辞。当是幸之，是为至乐也。

冯氏家风馆记

　　癸卯年秋，渠县新修冯氏家风馆。位于汉阙走廊，渠江河畔。刻二冯事迹于墙上，篆优良家风于馆内。文辞诗章，典故历史，供远近客人来学鉴。余有幸得而共览，受邀作文以记之。

　　观其胜状，桃源秀色，晨鸟互鸣。池水涟涟，村径通幽。联排有瓦舍，起伏多山峦。落叶纷纷，江水奔腾而去。星月皓皓，共照古今。名士风流，常聚于此。佳客豪放，偶会于斯。览物之情也，不胜唏嘘。

　　常言山清水秀，可谓人杰地灵。东汉年间，冯氏一族，名满千载，闪耀古今。

　　先有冯焕，博览群书，骁勇善战，爱国忠君，志欲去恶，半世烈英。曾追随于班固，破单于而全胜。燕然山大捷，屡建功勋。高句丽平叛，就近联兵。前做豫幽刺史，后任河南京令。爱民若春风拂面，为国当赤胆忠心。受害陷囹圄，虽有冤屈，终不改豪情。

　　后冯绲起于微末，弱冠而成名。为救父奔走，上书天庭。父以子为贵，子助父成名。皇帝诏书，封官以郎中。二十年青春，任职于四郡。想民所想，爱民为勤。鲜卑作乱辽东，将军晓之以情。不动干戈，休之于大军。荆南反叛，闻冯作帅，遂乞降于营门。两次南征，定后汉社稷。一生公正，守约体清。生前传奇，死后成神。时代天骄，父子贤圣。宕渠显族，累世公卿。

呜呼，渠江岸清风徐来，家风馆面山以建，新时代乘风而行。朗朗乾坤，高山壮丽。悠悠历史，江河有声。积善之家，必有余庆。积德之国，万民同心。

附录

对联三副

1. 受邀某机关单位所撰

人生百味，无非酸甜苦辣。

道路千条，不过南北东西。

2. 受邀北京某友人所撰

一堂合璧，凤鸾当鸣走锦绣大道。

两姓联姻，琴瑟在御修繁华门庭。

3. 受邀某寺庙所撰

心里有书非万象，纸端无字是菩提。